Aus der Tiefe
meiner Empfindungen
entspringen diese Worte.
Aus der Stärke der Ängste,
der Freuden, des Schmerzes
und des Glückes
ist jedes Fragment geboren
und sie sind meine Kinder
die ich behüte.
Wenn Du sie liest,
dann behandle sie
wie Dein eigenes
Neugeborenes.

G. R. Hard

FRAGMENTE

Gedichte, Gedanken
und Gefühle

Ich möchte mich
bei allen bedanken,
die mir ihre
Freundschaft und Liebe
geschenkt haben,
denen ich zuhören durfte
und die mir zugehört haben,
und die mit mir
ihre Gedanken und Gefühle
geteilt haben.

Internet: www.fragments.de
Email: fragments@fragments.de

LEBEN

Nackt war ich geboren
nackt bin ich gestorben
dazwischen
in Kleidern gesteckt
Schmuck getragen
und eine Vorstellung
als meine Persönlichkeit
verkauft

Auf der Suche nach dem
was ich werden könnte
bin ich letztendlich
wieder das geworden
was ich schon immer war:
Nackt

Auf der Suche
nach dem Glück
verwendet
der Mensch
viele Jahre
bis er entdeckt
dass er es selbst
erschaffen kann

Menschengebilde

Deine tausend Gedanken
multipliziert
mit Deinen tausend Gefühlen
die Du hast
ergeben die Summe
der Millionen Dus
die Du bist

Meine zehn Gedanken
multipliziert mit den zehn
Gefühlen
die ich von Dir kenne
ergeben die Summe
der Hundert Dus
die ich von Dir sehe

Die Differenz
ist das Rätsel Deines Wesens
und das Geheimnis
dass Dich interessant lebendig
lässt

Die
die still und leise
bei Dir sind
sind Deine Freunde
und die
die am lautesten Rufen und
Klatschen
sind Deine schmeichelnden Feinde

Die
die Dich hören und fühlen
sind nie die
die Dich umgarnen und mit Dir
saufen

Die
die es sind
werden nie betonen
dass sie es sind
und die
die es nicht sind
geben ständig vor es zu sein
Freunde

Ich küsse Wangen
und schüttle Hände
aber es bleibt immer
nur eine Formel der Höflichkeit

Wie ein Kind
(für Mario und Lisa)

Ich möchte lachen können
wie ein Kind
mit dem Glanz der Freude
in den Augen
und dem Strahlen der Herzlichkeit
im Gesicht

Ich möchte weinen können
wie ein Kind
mit der Bitterkeit im Klang
des Schluchzens
und dem Schmerz
im Fluss der Tränen

Ich möchte unbeschwert sein
wie ein Kind
mit den echten Gefühlen
im Herzen
und den wahren Regungen
im Gesicht
(doch ich bin schon zu erwachsen)

Träume
gefühlte Gedanken
gedachte Gefühle
Tief in mir vergraben
vom Bewusstsein versteckt
in der Dunkelheit des Schlafes
auferstanden
Lebendig erschienen
um am Morgen wieder
vergessen zu sein

Träume
wenn die Gedanken fühlen
und wenn die Gefühle denken

Wenn der Sinn
der Worte verstummt
und der Klang der Sprache
nur mehr Geräusch ist
dann sind wir leer

Wenn das Gefühl eines Kusses
nur mehr Lippe ist
und unser Streicheln
nur mehr Hautkontakt
dann sind wir hohl

Wenn unsere Worte
nichts mehr bedeuten
und unsere Kontakte
ohne Berührung bleiben
dann sind unsere Beziehungen tot

In der Angst
vor der eigenen Verletzlichkeit
in der Mutlosigkeit
bewegungslos erstarrt

In der Angst
vor der eigenen Verletzlichkeit
mit geschlossenen Augen
auf ein Zeichen warten

In der Angst
vor der eigenen Verletzlichkeit
das Herz verborgen
in der Verteidigung
der eigenen Furcht

In der Angst
vor der eigenen Verletzlichkeit
kühle Distanz erschaffen
um keine Nähe zu zulassen

In der Angst
ist die eigene Verletzlichkeit
eine Waffe
gerichtet gegen sich selbst

Der Tag entschläft im Dunkel der
Nacht
*Mutter fragt: „Hab' ich alles richtig
gemacht?"*
Langsam die Sonne über den Berg
späht
Das letzte Kind aus dem Hause geht
Die Täler im weißen Schimmer
Mutter weiß: Ihr Kind geht für immer
Der Tag erwacht, still und fröstelnd
kalt
*Letzte Worte: Auf Wiedersehen, bis
bald*
Zu früh sich die Sonne senkt
und eine Mutter an ihre Kinder denkt
Der Abend naht, es beginnt zu
dämmern
Erinnerungen, die in ihr hämmern
Der Tag ermüdet und entschläft in
der Dunkelheit der Nacht
*und eine Mutter sich fragt: „Hab' ich
alles richtig gemacht?"*

LIEBEN

Am Morgen Danach

Die Sonne erwacht
über ihren Körper
die Strahlen küssen
die sanfte Haut
und schimmern
im seidigen Glanz der Sonne

Ihr schlafender Körper
vom Duft der Liebe umringt
schwebt im Bad der
Geborgenheit

Meine Blicke
lassen nicht von ihr ab
die Fingerspitzen
gleiten über ihre Konturen
mit aller Liebe und dem Wunsch
die Vergänglichkeit dieses
Glückes
zu erstrecken

Dich zu lieben
heißt mit Dir zu leben
Mit Dir zu leben
heißt sich mit Dir bewegen
Mit Dir sich zu bewegen
heißt sich mit Dir zu verändern
Mit Dir sich zu verändern
heißt mit Dir zu wachsen
Mit Dir zu wachsen
heißt in Dir leben
In Dir zu leben
heißt von Dir geliebt zu werden

Du hast mich nackt gesehen
nackter als unbekleidet
Du hast mich ungeschminkt
gesehen
ungeschminkter als ein
Neugeborenes

Du hast mir in dieser Nacktheit
ins Gesicht gesehen
und mich dabei gewärmt
Allein dafür habe ich Dich lieb

Die Liebe zweier Menschen
ist eine Glaskugel in deren Händen:
wenn sie behutsam getragen wird
dann zerbricht sie nicht
und wenn sie gepflegt wird
bewahrt sie ihren Glanz

Tagelang warten
Nächtelang alleine schlafen
Vieles Unwichtige keinem sagen
Kleinigkeiten mit niemandem
teilen
Keinen Kuss keine Hände halten
Entbehre Kleines
und vermisse Großes
Dich

Im Dunkel der Nacht
wenn sich die Körper entblößen
und in den Betten entschlafen
möchte ich derjenige sein
der Deine Nacktheit
mit seiner schützt
und Dich
mit seinen Gefühlen wiegt

Den Menschen
den ich liebe
ist das Buch
das ich lese

Unsere Gewohnheiten
die wir leben
sind die Verse
die wir lernen

Unsere Zeit
die wir haben
ist eine Seite
die wir wenden

Die Momente
in denen wir uns berühren
sind die Wörter
die wir herbeisehnen

Die Gefühle
die wir hegen
sind die Buchstaben
die unsere Geschichte
schreiben

Blicke, wie Schüsse auf die Seele
und Blicke, wie Balsam auf die
Wunde

Wörter, die mich erwürgen
und Wörter, die mir Atem schenken

Handlungen, die mich töten
und Handlungen, die mich aufleben
lassen

Unsere Liebe macht uns verletzlich
und die Liebe, unsere Liebe macht
uns glücklich,
aber es ist alles in uns

In Deine Augen blicken
den Glanz der Farbe
und das Strahlen Deiner
Pupillen

Deine Hände halten
die Fingerspitzen wärmen
und Dich heranziehen

Deine Lippen berühren
einen Kuss zu hauchen
und die Zungen spielen lassen

Deinen Körper umarmen
Dir nahe zu sein
und Dich zu halten

Dich zu lieben
ohne Hintergedanken
und in Dir aufzugehen

Dich zu begehren
nur mehr Dich zu wollen
ist das einzige, das ich tue

Auf der Suche nach Liebe
wird das Finden erschwert
denn die Augen
sind so auf das Erkennen
des Besonderen konzentriert
dass das Außergewöhnliche
nicht mehr erkannt wird

REISEN

ALIVE

Wenn ich wandere
und wenn ich reise
dann bin ich in Bewegung
Es ist nicht der Körper alleine
sondern alles in mir:
mein Herz, meine Seele
und mein Geist.

Wenn ich mich bewege
dann lebe ich
denn ich lebe
weil ich mich bewege.

Am Beginn war ein Traum
Aus dem Traum wurde ein Pfad
aus dem Pfad ein Weg
der Weg zur Straße
und die Straße zur Autobahn

Am Beginn war die Neugier
Aus der Neugier wurde ein Abenteuer
Aus dem Abenteuer ein Erlebnis
Das Erlebnis zum Urlaub
und der Urlaub etwas Alltägliches

Weltenbummler

Wer das Licht der weiten Welt
gesehen hat
erkennt den Schatten
seiner Heimat

Wer den Schatten der weiten
Welt gesehen hat
erkennt das Licht seines
Zuhauses

Wer beides gesehen hat
ist zerrissen zwischen
der Ferne und seiner Heimat

Sonne brennt auf mein Gesicht
Schweiß bedeckt meinen Körper
Fliegen umringen meine Gestalt
und meine Füße
wanken
durch den Sand

Die Augen blicken in die rote Weite
verloren in der stechenden Hitze
Sand schleicht in den Körper und
Der Wille kämpft gegen die Müdigkeit

Fühle jedes Tief bis in den Abgrund
jedes Hoch himmeljauchzend
kann mein Image nicht mehr spielen
sehe mich selbst
nackt, ungeschminkt und entblößt

Hundert Stunden
durch die Wüste wandern
und 300 Monate
meiner Geschichte neu sehen
Wenige Schritte gehen
und die Entfernungen
meines Lebens erfahren

Ich fühle wie die karge Wüste
mich neugeboren hat
wie die sieben Tage
mich verändert haben
und wieviel Leben
ich besitze

Wind

Der zarte Wind
wächst auf seinem Weg
Und still vor sich hin
zieht er seine Spur
Sanft blicken ihm
die Blätter nach
Er schwenkt kaum ein
und lässt sich nicht wenden
Ein mildes Gesicht
eine harte Maske
und wir alle wissen
von seiner Macht

Fraser-Island-Nite

Ich lieg' am Rücken
und spür' das Beben
des Brustkorbes
im Zug der Lungen

Über mir
im Dunkel der Nacht
strahlen Millionen von Sterne
ihr Licht in die Ferne

Zu meinen Füßen
spielt der Ozean
mit seinen Wellen
die Symphonie
der Gezeiten

Und in mir
pocht ein Herz
in ruhigem Schlag
und saugt die Seele
den Frieden
der Stimmung auf

Vom Volk der Vandalen
das umherzog und plünderte
stammt der Begriff
„Vandalismus"

Im 20. Jahrhundert nennen
wir dies Massentourismus

Eine Flut von Bildern
prallt an den Nerv des Sehens
Ein Erguss von Eindrücken
überfällt mich

Im Überschwall des Genusses
bleibe ich regungslos
wie ein Stein

Im Regen ertränktes Laub
am grau-schwarzen Asphalt
von Gummirädern überfahren
und von Schuhen betreten

Vom trüben Grau umschwebte
Straßen
mit fahlem Laternenschein
erhellt
durch Scheinwerferblitze belebt
sich durch die Stadt winden

Tropfen prasseln ans Gesicht
der Atem, ein Hauch auf der
Flucht
sich im Nebel verirrt
wie die Gedanken

Schweben im Wind
mit der Luft spielend
mit der Leichtigkeit eines Engels
und der Schwere eines
unbekümmerten Herzens

Figuren in den Himmel tanzen
in den Böen der Zeit
den Zufall als Vorbild
im Flug der geflügelten Seele

Mühelos abgehoben
mit den Sphären gespielt
und schwerfällig gelandet
an der Kruste des Globus'

Fliegen wie ein Vogel
mit der Seele schweben
durch die Winde gleiten
und die Last des Menschseins
überwinden

Ich durstete
und dachte
an eine große
Flasche Wasser

Ich durstete
und ließ
den kleinen Kieselstein
in meinem Mund
das große Bedürfnis
stillen

Ich durstete
und dachte
wie klein
die Dinge sein können
die unsere großen
Wünsche
stillen

Afrika ist alles
Schön und Hässlich
Karg und Reich
Wild und Friedlich
Schwarz und Weiß
Verloren und Hoffnungsvoll
Mild und Grausam
Widersprüchlich und Logisch
und alles
in einem einzigen Moment
vereint

Im Haar
den heißen Wüstenwind
Im Hirn
tausend Gedanken
In den Augen
das strahlende Lachen
der Straßenkinder
In der Nase
der staubige Duft der Freiheit
Im Mund Wörter
die die Wirklichkeit nicht
erfassen können
Im Herzen
der lebendige Schlag
eines Kontinentes
und in der Seele
das Verlangen nach mehr

In der dunklen Weite
des Horizontes
erscheint der Mond
von der Sonne beschienen

Auf der Suche nach Schatten
und auf der Suche nach Licht
erwachsen die Formen
im Kreislauf seiner Bewegung

Das Spiel seiner Gestalten
ist die Geschichte des Lebens
geschrieben am Himmel
über die Menschen
die sie erleben

Durch die Mitte der Felsen
in friedlicher Ruhe
zieht sich seine Spur
In langsamen Strömen
prallt er an Steine
und stürzt sich in den Abgrund
mit dem prickelnden Rauschen
seiner Kraft

In friedlichen Bewegungen
gewachsen
in rauschendem Getöse
gestürzt
Hindernisse überwindend
und an Hürden geprallt
wie ein menschliches Leben
sprudelt die Geschichte des
Flusses
und wie ein Gebirgsfluss
quellt das menschliche Dasein

DENKEN

Es gibt Momente,
da nagt die Unzufriedenheit an
mir,
weil ich nichts anders mache
als all die Generationen vor mir

Die Kraft eines Baumes
liegt nicht
in der Farbe seiner Blüten
sondern in der Stärke
seiner Wurzeln.

One-Nite-Stand

Der Mann onaniert in die Frau
die Frau onaniert am Mann
Es kann für beide schön sein
aber was ist
wenn einer nicht onaniert?

Eine Niederlage
in Würde zu ertragen
ist der Gewinn
den die Sieger verlieren

Ein Gedanke
in Worte gekleidet
ist nur mehr ein Bruchteil
seiner selbst.
Kein Wort
kann
die Lebendigkeit
fassen.

Die Sonne
im letzten Atem
sich senkt
und glühend
die Wolken
verbrennt

Der brennend
rote Himmel
ein
blutiger Horizont

Romantische Idylle
ein Gewehr in der Hand
ein lauer Sommerabend
Krieg hat Träume verbrannt

Sehne mich nach deinen Armen
Höre deinen Herzschlag
Umklammere die Waffe
und ein explodierender Knall

Mein Verlangen brennt
am roten Himmel
hinter mir
ein blutiger Horizont
möchte fort
hilflos und unbewaffnet
zu Dir

Liebe und Geborgenheit
sind nur eine andere Art
 der Freiheit

Sobald man
sie festzuhalten versucht
tötet man sie.
Unweigerlich

Auswendig lernen
ist in fremden Schuhen
geschmückt
zu gehen.

Es ist des Wissens Kleider
aber nicht der nackte Verstand.

Kein Mensch ist nur schwarz
und kein Mensch nur weiß.
Wir sind alle graue
Erscheinungen
aber wollen es nicht
wahrhaben.

POESIE

Kalten Buchstaben
Wärme geben
Nackte Wörter
mit Gefühlen kleiden
Starre Sätze
mit Emotionen beleben
Einem Blatt Papier
Leben einhauchen
Leblose Elemente
in Poesie verbinden
Schwere Aufgabe
für zarte Hände

So wie ich mich sehe
sehe ich mich nur als eine
Betrachtung
meines Inneren.
Ich kann nicht beobachten
wie ich handle
wie ich mich bewege
Ich weiß nur
wie ich mich dabei fühle

So wie Du mich siehst
siehst Du mich nur als eine
Betrachtung
meines Äußeren
Du kannst nicht beobachten
was ich denke
was ich fühle
Du kennst nur
wie ich mich gebe

Härte. Hart bin ich.
Unverletzlich. Unverletzlich am
Körper, im Gefühl.

Wörter, ganz einfache Wörter.
Unüberlegt ausgesprochen.
Grausam und unmenschlich.

Blicke. Tief aus den Augen.
Ohne Blinzeln. Spontan.
Zeigen Gefühl.

Gesten. Im Gesicht, am Körper.
Uneingeübt und ehrlich.
Das Leben ist Gespräch.

Gefühl. Ungeschützt, Verletzbar.
Unauffindbar und doch überall, bringt
Regungen.

Instinkt. Natürliches Verhalten,
menschliches Reagieren.
Zivilisiert und verloren.

Regungen. Einfach reagieren.
Dir ein nettes Wort sagen.
Schweigen ist leichter.

./.

Blicke. Dich einfach anblicken.
Nur grollende Augenbrauen
und ein leeres Gesicht.

Gesten. Eine liebe Geste.
Nur grantig-freches Getue oder
die Mimik eines Steines.

Gefühl. Ganz offen meine
Gefühle zeigen.
Angst. Zu tiefste Angst.

Tussi

Deine rot bemalten Lippen
Deine schwarz umrandeten Augen
Deine gepuderten Wangen
ich will sie nicht

Deinen tiefen Ausschnitt
Deine hautengen Hosen
Deine Mini(-gsten) Röcke
ich will sie nicht

Deine Netzstrumpfhosen
Deine Negligés
Deine Tanga-Slips
ich will sie nicht

Deinen lasziven Augenaufschlag
Dein verführerisches Lächeln
Dein läss(t)iges Gehabe
ich will sie nicht

Deine grellen Masken
Deine bunten Kostüme
Deine schrille Rolle
ich will sie nicht

...
wenn der Mensch darunter
so klein ist

Meine Wörter, die ich schreibe
sind die Bilder, die ich in mir
male
mit den Buchstaben als Farbe
und dem Rhythmus
meines Herzens

Meine Wörter, die du liest
sind die Bilder,
die du in dir erweckst
mit deiner Kraft des Sehens
und der Fähigkeit
meinen Rhythmus zu erfühlen

Ist Schreiben kreativ
oder nur das Zusammenfügen
von Buchstaben in Worthülsen?

Ist Malen eine Kunst
oder nur ein Spiel
mit Farben und Formen?

Ist Musik schöpferisch
oder nur eine gewillkürte
Abfolge von Töne?

Ist es oder ist es nicht?
Ist es oder ist es nur?

Verlorene Romantik

Früher
schrieben
die Dichter
ihre Werke
auf Manuskripte

Jetzt
tippen
Autoren
ihre Texte
auf Festplatten

Sehen
wir
in
Zukunft
alte Festplatten
in den Museen?

Mit der Freiheit des Einzelnen
beginnt die Anarchie aller

Mit der Anarchie aller
beginnt die Unfreiheit des Einzelnen

Dazwischen liegen die Träume
von Veränderung und Freiheit.

ALLTAG

Masochismus

Die Ehrlichkeit
verbirgt sich
unter den Alltagskleidern
unserer Gesellschaft.
So viele Hüllen
über verletzlicher Nacktheit
dienen nur der Unaufrichtigkeit.
Der einzige Nackte
unter uns zu sein
ist Masochismus.

Im Fluss der Begegnungen
strömen wir aneinander vorbei
Im Lauf der Begegnungen
verflüchtigt sich jede Berührung
und erlangt Bedeutungslosigkeit.

Im Strom der Bekanntschaften
begegnen wir uns kaum
wir fließen vorüber
und erblinden
in der Geschwindigkeit des Lebens.

Im Fluss der Bekanntschaften
sind wir uns begegnet
Im Lauf der Bewegungen
haben wir uns berührt
mit der Kraft der Worte
und der Nacktheit der Seelen.

Es liegt an uns
im Strom der Zeit
nicht zu ertrinken
und aus der Ehrlichkeit der
Begegnung
nicht die Flüchtigkeit einer
Bekanntschaft
werden zu lassen.

Atmen
Lebend atmen
Angst
Mut
Freiheit
Alles einatmen

Fühlen
Unsicherheit spüren
Glücklich sein
Zögern
Entschlossenheit
Alles fühlen

Mutter

In den kalten Tagen
meines Winters
erinnere ich mich
an Deine Wärme
an die Geborgenheit
die Du mir schenktest

Im starren Frost
sehne ich mich
nach Deinen Umarmungen
Deinen tausend Küssen
die Du mir gabst

In diesem Frieren
wünsch' ich mir
Deine fesselnde Treue
die mich kettete

In dieser eisigen Kälte
der Erwachsenheit
wünsch' ich mir -
manchmal -
ich wär' wieder
liebe Mutter
Dein kleines Kind

Ich bin in Gesellschaft
und fühle mich einsam.
Ich bin alleine
und fühle mich wohl.

Ich rede
und sage nichts.
Ich schweige
und spreche mich aus.

Ich sehe
und erblicke nichts.
Ich schließe meine Augen
und beginne zu erkennen.

Ich möchte fühlen
und spüre nichts.
Ich verschließe mich
und empfinde alles.

Ich versuche etwas zu tun
und es geschieht nichts.
Ich tu' nichts
und alles passiert mir.

Oft handle ich so
als sei ich die Sonne der Welt
um die sich alles dreht

Da wir alle das Gleiche tun
prallen wir aufeinander
So viele Sonnen
ergeben ein hitziges Klima

If you watch colour-TV
you can't be a racist!

Jedes Lachen
aus dem Herzen geboren
ist ein Moment im Leben
in dem wir in vollkommener
Schönheit sind

Charity-Events

Einerseits
spendest du Geld
damit die Gerippe
aus dem Fernsehen
verschwinden

Andererseits
bezahlst du einen Beitritt
damit deine Fettpölster
aus dem Urlaubsvideo
von deinem Gerippe
verschwinden

Einerseits
besuchst du abends
ein Benefizessen
für Äthiopien

Andererseits
hungerst Du unter Tag
für dein Idealgewicht
im Bikini

Dein Kopf
ist voll
von dem
was du sein könntest

Dein Herz
ist schwer
von dem
was du sein möchtest

Deine Pläne
voll-beladen mit Wünschen
bleiben unvollendet.

Vielleicht wär' doch
etwas weniger besser ...

Ruhe finden
in der Wärme seiner selbst
Wohl-fühlen
in seiner Haut
Be-achten
ohne Erwartungen
Aufmerksamkeit schenken
ohne Eigeninteressen
Wärme geben
und selbst Ruhe finden

Lachen
nicht lächeln
auch nicht schmunzeln
oder grinsen
nur Lachen

Lachen
Freude strahlen
nicht Freude spielen
oder freundlich sein
Nur Lachen

Lachen
ist blühen
Blüten spenden Freude
und wer sich freut
der erblüht
im Lachen

Schweigen
ist die Stille
die den Schrei
erhört

Träume
sind die Gefühle
die sich das Herz
erdenkt

Liebe
ist die Hoffnung
die sich das Herz
erwünscht

Tränen
sind das Wasser
das die Freude
nährt

Angst
ist die Macht
die unser Lachen
gebärt

Nichts
ist das Alles
das die Gegensätze
bestimmt

ENDE

Manchmal wünsch ich mir
meine Gedichte
zu veröffentlichen.
Und ich stell' mir vor
wie sie mir gratulieren
und vieles leichter wird.
Dann fällt mir ein,
was in den Worten steckt,
und mir graust davor,
dass jedermann die Nacktheit
meiner Seele sieht,
und sich jeder der Worte
meiner Empfindungen
bedienen kann.

Dann weiß ich,
dass ich nie
den Exhibitionismus
aufbringen kann.

Nach vielen Jahren
Habe ich es trotzdem getan ....